雲水依依

蕭蕭茶詩集

蕭蕭

〔總序〕

跨世紀與跨領域的詩學詩藝

——台灣詩學季刊社二十周年慶

蕭蕭

「台灣詩學季刊雜誌社」創辦於一九九二年，當初參與創辦的八位詩人（尹玲、白靈、向明、李瑞騰、渡也、游喚、蘇紹連、蕭蕭）具有足以聚焦的共識，一是為台灣新詩的創作與發達，貢獻心力，二是為建立台灣觀點的詩學體系，累積學力。因此，「挖深織廣，詩寫台灣經驗；剖情析采，論說現代詩學」成為「台灣詩學季刊雜誌社」目標顯著的文字「logo」。誠如長期擔任社長職位的李瑞騰（一九五二—）在〈與時潮相呼應——台灣詩學季刊社十五周年慶〉所說：「我們站在上世紀九〇年代，面對台灣現代新詩的處境與發展，存有憂心；對於文學的歷史解釋，頗為焦慮。我們選擇組社辦刊，通過媒體編輯及學術動員，在現代新詩領域強力發聲，護衛詩與台灣的尊嚴。」這是對詩藝的執著，對台灣新詩史、新詩學的歷史承擔。《台灣詩學》的歷史使命如此昭然若揭，從此展開跨越世紀的不懈奮鬥旅程。

一九九二至二〇〇一的前十年，《台灣詩學》經歷向明（董平，一九二八—）、李瑞騰兩位社長，白靈（莊祖煌，一九五一—）、蕭蕭（蕭水順，一九四七—）兩位主編，以季刊方式發行四十期二十五開本詩雜誌，評論與創作同步催生，在眾多偏向詩作發表的詩刊中獨樹一幟，對於增厚新詩學術地位，推高現代詩學層次，顯現耀眼成績。

二〇〇三年五月改變編輯路向，易名為《台灣詩學學刊》，邁向純正學術論文刊物之路，每篇論文經過匿名審查，通過後始得刊登，是一份理論與實踐並重、歷史與現實兼顧的二十開本整合型詩學專刊（半年一期），也是台灣地區最早成為THCI期刊審核通過的詩雜誌，首任學刊主編鄭慧如（一九六五—）負責前五年十期編務，設計專題，率先引領風騷，達陣成功。繼任主編為詩人唐捐（劉正忠，一九六八—），賡續理想，擴大諮商對象，將詩學學刊提升為華文世界備受矚目的詩學評論專刊。

二〇〇三年六月十一日「台灣詩學」同仁蘇紹連（一九四九—）以個人力量闢設「台灣詩學‧吹鼓吹詩論壇」網站（http://www.taiwanpoetry.com/phpbb3/），原先在網頁上到處尋訪知音的新詩寫作者，彷彿遇到了巨大的磁石，紛紛自動集結在蘇紹連四周，「吹鼓吹詩論壇」網站儼然成為台灣地區最大的現代詩交流平台，以二〇一二年五月而言，網站上的版面除〈台灣詩學總壇〉、〈詩學論述發表區〉之外，可供網友發表詩創作的區塊，以類型分就有散文詩、圖象詩、隱題詩、新聞詩、小說詩、無意象詩、台語詩、童詩、國民詩等，以主題分則有政治詩、社會詩、地方詩、旅遊詩、女性詩、男子漢詩、同志詩、性詩、預言詩、史詩、原住民詩、惡童詩、人物詩、情詩、贈答詩、詠物詩、親情詩、勵志詩等，另有跨領域詩作：影像圖文、數位詩、應用詩、朗誦詩、歌詞．曲等等，不可或缺的意見交誼廳、詩壇訊息、民意調查、詩人寫真館、訪客自由寫、個人專欄諸項，項項俱全，文章總數已達十二萬篇以上，網頁通路所應擁有的功能無不具足，新詩創作、評論與教學所應含括的範疇與內容，無不齊備。二〇〇五年九月紙本《吹鼓吹詩論壇》在蘇紹連主導下隆重出版，這是將半年來網路論壇上所發表的詩作，披沙揀金，選出傑異作品刊登於《吹鼓吹詩論壇》雜誌上，台灣網路詩作不僅可以快速在網路上流傳，還可以以紙本的面貌與傳統性質的現代詩刊一較短長，網界盛事，也是詩壇新聞，「台灣詩學」因而成為臺灣新詩史上同時發行嚴正高規格的「學刊」與充滿青春活力「吹鼓吹」的雙刊同仁集團。前任社長李瑞騰所期許的「台灣現代新詩具體而微的百科全書」，「吹鼓吹詩論壇」網站與紙本的刊行，應已達成。

二〇一二年，「台灣詩學季刊雜誌社」創社二十週年，檢視這二十年的足跡，我們不改最早創刊的初衷，不負「台灣」、「詩學」的遠大理想，一直站在台灣土地的現實上向詩瞭望，跨世紀、跨領域增強詩學、詩藝，將以十六冊書籍的出版，兩本詩刊《台灣詩學學刊》、《吹鼓吹詩論壇》的持續發行，展現我們的決志與毅力，繼續向詩、向未來瞭望與邁進。

台灣詩學同仁在創作與評論上分頭努力，因此在二十週年社慶時我們出版六冊詩集、兩冊論集（均由秀威資訊公司出版），詩集是向明的《低調之歌》、尹玲的《故事故事》、蕭蕭的《雲水依依——蕭蕭茶詩集》、蘇紹連的《少年詩人夢》、白靈的《詩二十首及其檔案》、蕓朵的《玫瑰的國度》，含括了年紀最長的向明，寫詩資歷最淺、由評論界跨足創作領域的蕓朵（李翠瑛）；中生代的四位詩人各有特色，尹玲配合照片說故事，蕭蕭配以小學生的繪圖專力寫作茶詩，蘇紹連則解剖自己，以詩話的舒緩語氣說他的少年詩人夢，白靈不改科學家與新詩教育家精神，以自己寫詩歷程的各階檔案，如實印製，期能對寫詩晚輩有所啟發。論集是新世代評論家林于弘（方群）的《熠熠群星：臺灣當代詩人論》、解昆樺的《台灣現代詩典律與知識地層的建構推移：以創世紀與笠詩社為觀察核心》，對於詩人、詩社的發展，全面關注，深刻觀察。

此外，跨領域的合作，還包括與海內外學界合作出版《閱讀白靈》（秀威）、《網路世紀．故里情懷》（萬卷樓）學術研討會論文集，編輯海內外第一本網路世代詩人選《世紀吹鼓吹》、海內外第一本《台灣生態詩》（爾雅），跨領域也跨海域。這種跨領域也跨海域的工作範疇，當然也呈現在二〇〇九年開始，蘇紹連以個人力量訂立方案、獲得「秀威資訊科技有限公司」贊襄的「台灣詩學吹鼓吹詩人叢書」，目前已出版十九冊，最新的四冊是櫺曦的《自體感官》，古塵的《屬於遺忘》，王羅蜜多的《問路──用一首詩》，肖水的《中文課》，其中肖水（簡體字）即為上海年輕詩人。

二十年來，「台灣詩學季刊雜誌社」以「台灣」、「詩學」為主體、為基地，但不以「台灣」、「詩學」為拘限，不以「台灣」、「詩學」為滿足，下一個二十年，全新的華文新詩界，台灣詩學將會聯合所有愛詩的朋友，貢獻出跨領域、跨海域的詩學與詩藝，一起發光且發亮。

二〇一二年八月寫於明道大學

目錄

悟

茶葉的心事

縐成一團，不一定是我的本意
回復三月東風陣陣的翠綠
或者秋末寒雨
又，何嘗是……

從火裏來，再到水中去
也不過熬來一身苦澀
沖出一身苦澀
苦澀，無論如何也說不完
山中晦暗的心情

一切都淡了
我還是沉下去又浮上來
浮上來找尋自己的臉
在淚水酸澀中
唯知出神　凝視

凝視你，身在茶杯外的風暴裏
擔著什麼樣的淒楚
萎成什麼樣的釃茶
仍然憂心杯內的我，與苦與澀

——選自《悲涼》（爾雅，一九八二）

茶與呼吸

茶碗懷念烈火之前的陶泥
茶葉嚮往尚未烘焙的滿山綠意

水，想重溫雲的飄逸
我則躲在你舌尖的回甘裡
淺淺呼吸

——選自《毫末天地》（漢光，一九八九）

舒卷

茶葉逐漸失去茶樹的翠綠
卻堅持保留山的呼吸
在舌尖面彈跳
毛細孔裡學雲舒學雲卷
我放棄獅子座的潑墨譜系
像雲一般舒卷

——選自《草葉隨意書》（萬卷樓，二〇〇八）

心之為用大矣哉：以白開水為證例

不知道如何教你用心如何按摩心臟那麼深層的器官
不如教你如何不用心
像喝一杯白開水
加糖加冰加蜂蜜無所謂加咖啡也無所謂
無所謂冷無所謂熱也無所謂溫或不溫
僅僅是：一杯白開水
隨雲去流浪隨星而孤獨
就如同隨口而入隨毛細孔而出
一杯白開水

有時從沖水馬桶中奔向陰暗的下水道
沒有人知道哪一天，他
又從陰暗的下水道隨雲去流浪
隨星而孤獨
沒有人知道，他堅持不堅持
再一次隨口而入隨毛細孔而出
或者隨隱密的器官一如陰暗的下水道也無所謂
僅僅是一杯：白開水，而已
不知道他的去處也不知道他的來處也無所謂
當下是，即是
一杯白開水，曾經滾開過如今不滾
曾經混濁過如今不濁
曾經是溪是河，曾經是瀑布，也
曾經是煙嵐雲霧霜雪

曾經流經大地縱谷隨河入海
隨雲去流浪，也曾經隨星而孤獨
當下是一杯，即是一杯白開水
所以，不論口渴不渴
當下是，即是
何必用心何必安心　何必按摩
不一定隨身攜帶那顆心！

——選自《情無限・思無邪》（秀威，二〇一一）

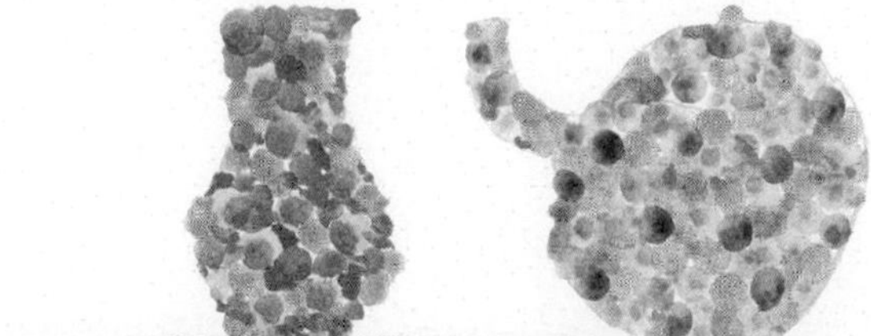

舌尖

妳以妳的舌尖輕輕抵住我的上顎
柔柔那麼一繞一折
湧生的津液好似脅下的風鼓起的翅翼
漫過美好的昨日漫過美
漫過昨日美好的飛翔飛翔的夢
滲入文文顫抖微微發麻十二億纖細
毛細孔　開張，煙嵐昇　騰
胸懷開張，白鴿飛飛飛　飛舞
我　開張，激噴十二億纖細濕潤的化身
我與我的化身緩緩

我以我的舌尖緩緩潤澤
妳水蛇的腰身豐隆的雙乳
柔柔那麼一轉一繞，一繞一轉
前生今世永恆的糾纏
我馴服了妳如岩岸馴服兼天而湧的波濤
妳馴服我如風馴服了絮棉
妳是凍頂茶裡的氤氳
攬也攬不住的溫潤忍也忍不住的溫存
微張的口傻傻楞楞等待溫潤
我是等待溫潤的唇

——選自《情無限．思無邪》（秀威，二〇一一）

震前與震後

嚐出今秋這一壺凍頂烏龍茶
異於昔日的甘醇嗎？

地震將來，他們知道
知道——所以釋放出全部的生命、生命全部的能量

——選自《情無限．思無邪》（秀威，二〇一一）

湛然月色二首

・茶香氤氳

是甚麼樣的冰凍冷凝
讓白統御了整個北方的大地與天空
是甚麼樣的傷，讓血也翻譯不出尼采的沉痛
雪封鎖了你的喉口
音樂不再是二月流水裡的倒影

遠遠一縷茶香
不知是千手鐵觀音撫觸你的臉頰

還是東方美人的裙裾拂過你的額頭
或者只是採茶的指尖
一心兩葉的乳汁
清清淡淡，就在你的心上鋪展
湛然
月色　從八萬四千個毛細孔
伸——伸——伸
東風飄不去也飄不來八萬四千個歡悅

・茶色舒展

春暖時花會開出黃鸝鳥的鳴叫
春不暖
花也要保持二月裡男孩的嬉鬧女孩的笑
那渦漩總是多層多次又多情

像心，重瓣
像一念翻轉數千年不以為遠
像你說過的話　話中有話
像五色五音裡的喧囂
迷失在人情暖
或不暖的數字算計裡

我放開數字的手
沉入一葉蕭氏毛尖茶的沉思中
一片月色湛然
從杯底，到心底
無盡舒展

附記：喝茶，讀雪公李炳南老居士（一八九〇—一九八六）《浮海集(下)．偶得》：「乾坤今古渾無事，惟有湛然月色明」，得此詩。

二〇一一．一．十七

茶韻　連作

・焰火與茶香

你總是趁著焰火竄起的那一剎那
問說未來的行程
我放下溫熱的瓷杯
讓茶香從指尖消瘦

・茶香與心事

指著尚未散盡的水漬
我笑了一笑

最不堪的心事
也有香蕉皮出現小黑斑的香氣

・心事與杯蓋

就晾在一邊吧
像一件還滴著水分子的汗衫
它不會是焦點
能蓋住的總比飄逸的單純許多

・杯蓋與空杯

我還是喜歡空杯裡的淡香
些許或者薄弱
都隱藏一絲絲哲理
而且，陽光在旁從不過問

・空杯與杯

是文本與腳注之間的關係
或是門神與春聯？
空杯張大著嘴
不笑，不許人家笑

・空杯與空

我的心空下來了
所以我的手也空下來了
茶杯空了
所以，天也空了

二〇一一・二・八

月色是茶的前身

前世欠你一片溶溶月色
我還你一路樹蔭
一路朗朗而過的笑

六六大順的夜晚
你又來夢裡鋪滿銀白
下輩子我會是自在的流雲
只負責逗引你抬頭開心

或許欠的是一陣花的芬芳
今生化成鍵盤鍵
陪你數算寂寥的清夜

此刻，你又以茶香
溫潤我　糾結的喉口
下輩子還是回復為竹海的風吧！
可以翻閱你身上的綠葉

二〇一一．六．十四

春茶

通過冬之祁寒也通過火之焠煉
九十五度C的水之於茶葉
是可以完全紓放自己的
圓形按摩浴缸
兩葉扁舟不逐不競
浩瀚春江，任爾西東

二〇一一・七・四

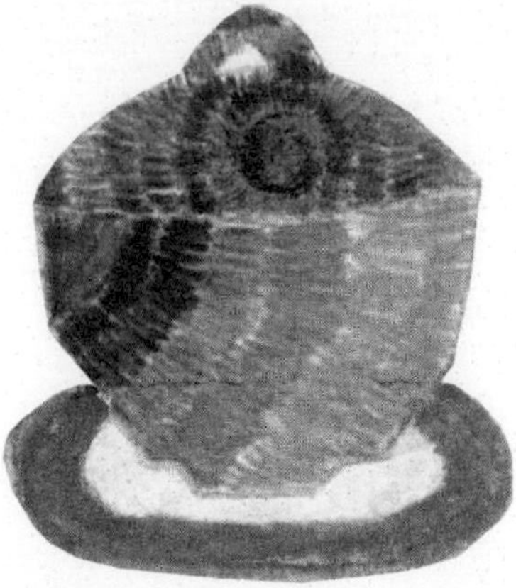

雲水依依

學了多少歲月仍然沒學會
如何以長繩繫住長長的流水
或者將風摺疊
穩穩置放
左胸前那方
扁平的口袋

只等兩口熱茶
順著三寸舌、六寸喉、十二寸幽徑
熨燙，一切

悉如棉絮、布旗、絲帶而飄飛
只等兩口熱茶
熨燙，一切
悉如雲水之依依
如樹與石　在山裡風裡自在

二〇一一・七・十五

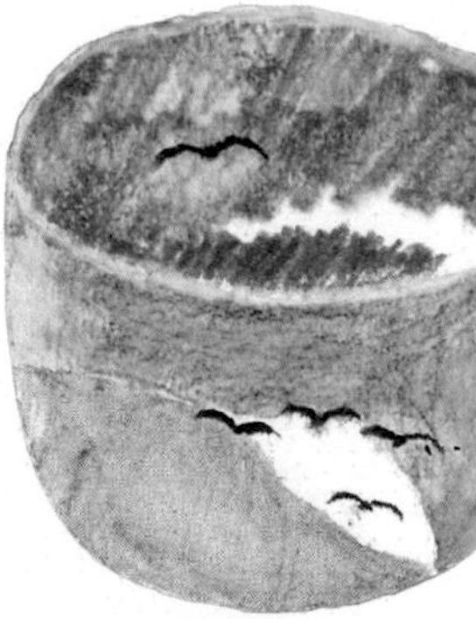

風雲會

三十秒之前
茶葉蹉縮在堅固的火房子裡
如受傷的靈魂偎靠受傷的靈魂
癡望著杯之內沒有重量的空、空之外沒有體積的無
且集體失神
三十秒之前
水還翻滾在火熱的鐵壺中，輪番翻滾
就像來回踏步　焦灼的腳步
一踏極東，後轉極西，再踏極南，回頭極北
沸沸的聲音裡沒有紫羅蘭或薰衣草、玫瑰或檀木

那是漫長的壓抑歲月

僅僅一瞬，杯底乾澀的茶葉
因為水而溫潤了
　飄舞了
且展且舒，盈實的杯是天空無盡
僅僅一瞬
無色無味的水滲入茶葉
散發出淡淡的早春
淡淡的，專屬心靈
專屬於天空、朝露、茶葉、雨水的香芬

這是天地的風雲際會

二〇一一．八．十三—十四

茶樹

秋意如何蕭瑟，遠處菅芒花搖著白髮
不表示意見

在眾多山頭的五彩繽紛裡
容許我綠著自己喜歡的綠

人生如何瀟灑，或不瀟灑
就讓喝著茶的詩人在茶湯外尋思

我只負責收納晚霞的餘暉
在筋脈延伸中轉化為幸福的彩虹

二〇一一・八・二十

尋常的茶

茶在水杯中伸展春天的詩
我在你的慈悲裡吐露秋日寒霜
無盡，無盡——舒放

天在天之外觀天之氣象
那忍不住的咳嗽聲隱隱來自心底
無常，無常——如常

如常，在水杯中伸展春天的氣息
你泡的那一壺茶可以這麼尋常

二〇一一・十・四

茶葉上的露珠

這一刻是茶葉上的露珠
以飽滿顯現自在的風姿
不隨風，自滑行
勉強證明
前二世、三世的身世
神瑛侍者花灑裡的一滴淚
滋潤相同頻率的絳珠草

不隨風，自滑行
如何殷勤也擦拭不去
茶葉上雪一樣輕柔的灰塵
只在葉片背部、心靈深處翻滾翻滾
一如行過星空的風火輪
要你勇健伸展筋脈
將苦澀逼至末梢神經

不隨風，自滑行
要向溪澗聚合
等待未來的某一世成為茶葉遼闊的海
要以火焰激發生命的熱能量
在那當下，瞬間喚醒記憶

寶石紅的露珠海裡，茶葉如魚
背部腹部哪一處不緩緩滾過
渾圓自在的露珠
渾圓自在，哪一葉茶魚不緩緩穿過
一世二世不用計數的露珠

二〇一一・十二・一

茶前茶後

・茶前

遠望天邊，你可以輕聲責問
風為什麼一直吹亂雲的髮絲
霧該來的時候卻逗留在大海懷裡
遊盪嬉戲
蹲下來，你還可以嗔怪蟲蟲
盡是啃嚙茶葉最脆綠那一小角角
也不洗手
還留下唾液

或者，就跺腳吧！
地球都不懂如何讓自己逆轉
月亮只知道十五的晚上微笑
就嘟著茶葉一般嘟著的嘴吧！

・茶後

茶葉已經舒展成海裡的鯨豚
你終於呼出最後一口輕嘆
無雲的天空盡是無色的真水
飄著的全是可以飄著的
大屯山象山大霸尖山

二〇一二・一・四

茶葉的召喚

1.

泡茶吧！
我在陽光下延伸的脈絡
就能為你在琥珀色裡舒展
霧露滋養的血脈
暖胃溫心，會在你的掌紋中延伸

2.

飲茶吧！
深喉之後還有深長的胃腸
深藏之後還有幽微潛靜的心思
深情之後還有深紅的血
那是我的本色，要在你的生命裡溫熱

二〇一二・二・五

茶葉童話

徘徊在林內的夜氣
來不及奔向東方成為一顆太陽
只能在我的葉尖上懸著

一滴淚，天真的小孩說了

擦擦眼角吧！
葉脈間滾動著一萬顆心的溫熱

二〇一二·三·十八

悟

極熱的火與極靜的綠
極軟的水與極躁的葉
極土的瓷與極柔的唇
極慈的你與極悲的心
極閒的茶與極滾的湯
極動的塵與極清的我
極山的昔與極風的今
極堅的金與極盛的焰

極滑的舌與極澀的甘
——你我在草木間溫存

二〇一二・三・二十六

凝神的珠露——記兩則阿里山情緣

隨意坐在石頭上
誰注意了天邊的一顆星
如何在小木屋屋頂
與雲　擦身而亮
他就會聞到阿里山茶的香氛
是三蕊落櫻的嘆息
那嘆息，僅僅為了呼應
珠一般的露，血一般的專注

二〇一二・四・十八

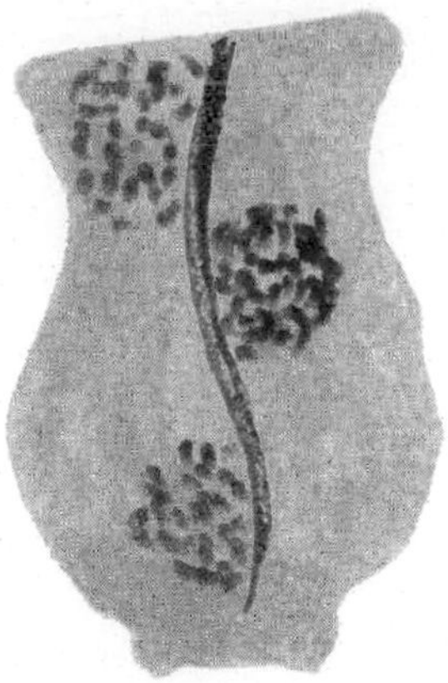

靈草

靈於感應
靈於將汪洋的洶湧收伏在甌中
靈於傳達舌尖的甘、言語的甜
靈於模擬胸前的波濤起伏
靈於波濤的軟嫩
靈於水
靈於穿越歷史與星際
靈於飄渺或冥漠

靈於第六感之外
靈於草的本心之茫然一片

二〇一二·四·二

南靖雲水謠

風　無意說法
從高處的雲端飄近水湄
又飄向遠方
遠方　無心說法
任雲從山谷間聚攏
又散飛到天際

天　無能說法
千萬年來只讓一個謐字
吸引大地
大地　無處說法
卻容許綠色大聲喧鬧
綠　無法說法
只讓茶米心的香氣在雲水間　搖

二〇一二·五·二十一

隨阿利老師雲水謠品茶

水車微微撼動著雲天
是風在搖　也是水在動
榕樹探向水面的枝枒上下雀躍著
是風在動　也是水在唱
整條雲水謠的溪水潺潺流著
是風在唱　也是水在歌

我們像一頭水牛穩穩蹲伏
在綿密的雨絲裡
讓風流過飛翔的身體
讓水流向深處的記憶
當清芳逸往俯身而臨的白雲
牛，還在水草邊自在觀心

二〇一二·五·二十一

金駿眉

幾千顆細緻的芽尖
才有一彎會笑的細眉
幾彎淡眉含笑
挺起奔競的八駿馬力
馳過金色海平面

琥珀一般潤澤
這愛
無法仔細精算
穿過胸膛、肚腸
彷彿留在此刻腮邊、昨夜枕畔、未來的心肝上
氤氳流轉

二〇一二・五・二十二

老榕與老牛——雲水謠所見

每一棵千年老榕都有幾度又幾度涉水的經驗，因為另一棵令人心儀的榕樹總是住在水的另一方。

另一方的水認得日日探臨的鬚根，他們俯身問的不外乎春天喝白茶的那人，濺起了水花，去了哪裡？

風吹過時，涉水而去的那人以為他真的提起腳上了岸，其實卻滑入淡褐的茶湯日日泅泳，從未醉過，也從未醒來。

從未起身，也從未撐起尊嚴卻自有尊嚴的千年老榕，不必抬頭也知道白雲千載悠悠，不必低頭也知道悠悠千載那水自在地流。

老榕早已放下喜怒哀樂如垂落鬚根那樣自然，覷眼再看溪澗裡或站或臥，站著像一堵土牆臥著像一塊巨大鵝卵石的老牛，多少代了，雲去雲來，雨落雨停，只淡淡聞著靈草青青香氣，像老榕垂落的鬚根隨風隨水飄拂。

二〇一二・五・二十三

長教人　生死相許

起音：雲

蔚藍是永遠的底蘊
你長辭了
雪是本然
你將她放在心底鋪陳萬里長白
濾除了五百年的愛怨憎嗔
縱落凡塵
從此是真水無色，不顯觀音法相

主唱：水

淙淙，錚錚，不再以色顯聲
從高遠的山巔
帶著清茶的香氣
從煙嵐的腰際
向著人心皺褶的深處
歌，不盡
你是不盡的歌，浮生柔聲不盡的謠

迴響：謠

茶香一般飄散在唇齒之間
彷彿有風　和著
彷彿是低音小提琴

彷彿春雷滾動
彷彿少年時媽媽的千叮嚀萬叮嚀
和著　彷彿有舌滑行
你一直是茶香，長教人以生死相許

附記：長教，村名，屬福建南靖梅林鎮，因電影《雲水謠》之盛名而被覆蓋。

本詩題目，脫胎於元好問（一一九〇—一二五七）《摸魚兒》之主句：「問世間，情是何物？直教人生死相許。」

二〇一二・五・二十三

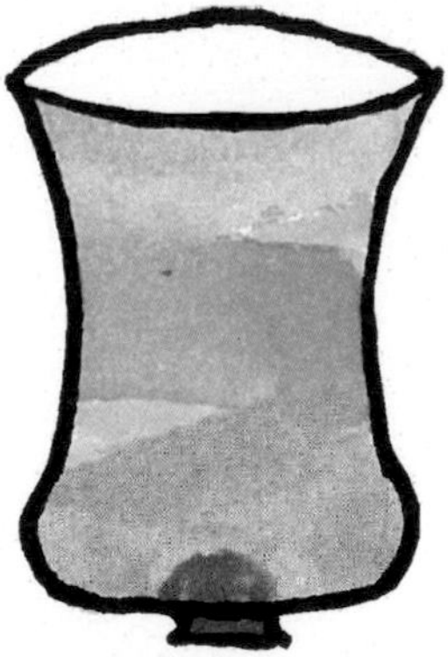

逐漸轉涼的茶之一

我在茶湯最底部的地方
何時你來照見自己？

逐漸轉涼的茶之二

茶碗的波濤漸次平息
你仍然在無形的漣漪裡轉著自己？

逐漸轉涼的茶之三

對著剛剛喝完最後一滴茶的空碗
我如何叫醒自己？

逐漸轉涼的茶之四

一杯新注的茶是否約略等於
上一世月光的溫度？
我低聲問記憶中的自己

逐漸轉涼的茶之五

剛溫過的杯子一再說：
我等你　等你　等你
那回聲在虛空中一直撞著自己

逐漸轉涼的茶之六

這杯茶那杯茶其實都不深
只夠打撈自己

逐漸轉涼的茶之七

茶碗不是殿堂沒有拜墊
茶水不定形不是神
唇說：我只是我自己，柔軟我自己

二〇一二・五・三〇

三杯茶之後

地，空了
河可以直直地流向四處
或者懊惱地唱著歌
繞過一方不存在的巨石
水是空的
熱情蒸融她就化為白雲
盲者讓路螞蟻
她又溶成淚滴
火是閃爍的
燭焰一直模仿戀人的承諾

戀人卻只承諾
腳印要留只能留在風中

你說你的心長駐我心
我敞開大衣
不，我敞開大地
今晚你想掛單哪裡？

二〇一二・六・三

四杯茶之後

你把手交在我手裡
就好像樹把樹根交給岩石

你掌心傳出熱氣
就好像岩石的呼吸在大氣的呼吸裡

我不敢打開　掌上的江河
會有午後的春雷奔竄
奔竄去吧！
誰知道懸崖的邊懸在什麼樣的緯度上？

二〇一二・六・四

茶水分合

當山增高了我的腳跟
樹顛上的花瞭望著哪個方向？
——問山是，還是問樹？

當水消解了我的渴欲
茶所期望叫醒的會是什麼？
——問茶對，還是問水？

當分可以弭止紛爭
那合所要彌合的色彩又有多少種類？
——問分詳實一些，還是問合精確？

當你的胸口暗潮洶湧如水
我只能學習茶，且沉且浮？
——問你的胸口，還是問我的傷口？

二〇一二・六・五

凍頂烏龍

沿著凍頂的凍與頂
你初次體會嚴峻
沿著烏龍的烏與龍
你會在南方端詳每一棵嘉木而翔飛

沿著我的掌紋，最細微的那一絲
那一截，你看見月光掩映下
眉山南側負手而行那人的背影
或是沙洲孤冷的身影？

沿著凍頂烏龍茶的杯沿
最細緻的那一絲
那一圓，你的唇依著溫潤
直抵如如不動　心　溫潤如昔

二〇一二・六・六

惱

這一次，西湖的水岸頭
楊柳隨風拂動了
石板路上緩緩響起馬蹄聲
你就是不肯揚一揚你的眉

那一世，三峽的火堆旁
打著赤膊的漁夫撒下了網
搖槳的吆喝賽過船笛
你就是不肯動一動你的嘴角

前一世，陽關的土垛邊
漫天的雪花飄過斜坡
風一聲比一聲緊
你就是不肯揮一揮你的手

再前一世，鹿谷的風口前
戴著斗笠的村姑都出發了
歌聲時而掩蓋嬉鬧的歡笑聲
我不該推遠你沏的那一甌烏龍茶

二〇一二．六．六

品水

其上　山水

曲折於堅硬的岩與石之間
矜持的方
柔順的圓
一一撫著滑著溜著
沿途放下了該放下的激昂
唱好了該唱的歌

不再直直縱落僅僅為了濺起雪白的水花
那是讓人肝膽俱裂的險

放下了該放下的惦記
唱過了曾經激昂的歌
山水終究可以說盡茶葉的心事委曲

其中　江水

翻騰在江裡的那顆心
剛剛翻騰在紅塵裡

蹦蹦跳的江水因此可以說著說不完的
傳奇，說給茶葉回味

其下　井水

古井不生波時
期待鉛桶沿長繩來拍擊
或者一粒小石子也好過一方青天
茶和喝茶的人都喜歡聽
故事裡的水聲

二〇一二・六・十二

做自己的幸福

——茶道的N種幸福之一

不需奶精或者結成晶體的糖
只管依著葉脈伸展
憑著葉肉釋放
就可以將自己全然交給你的唇、舌、腔、腸
隨處蠕動
蠕動，生命的神農

滿足的幸福
——茶道的N種幸福之二

龜裂的大地因為甘霖
鵠望的眼神因為熟悉的身影
焦渴的愛因為你
七分滿，足矣足矣！

自在的幸福

——茶道的N種幸福之三

我解下鈕扣
風從樹梢緩步而來
四周的火焰瞬間熄了
我解開名字裡的一撇半捺
他們都說看見看見了
看見我裸體行過眾人的瞳孔健步如昔

自如的幸福
——茶道的N種幸福之四

煙嵐昇騰時白霧茫茫張成背景
我可以向東，勝過春燕之巧與輕
也可以向西追尋僧尼
　誦經的音聲
向南儵忽　我如魚
向北，風一般若無遮攔
白霧茫茫，這時那時煙嵐昇騰

放下的幸福

——茶道的N種幸福之五

放下了兩擔高麗菜的重量
放下了不知如何批示的紅色卷宗
放下了長長的叮嚀　短短的噓唏
放下了一直放不下的你
我在茶裡放下了自己

交心的幸福
——茶道的N種幸福之六

一泡，二泡，三泡
頂多再加一份茶食的功夫
忍不住就掏心掏肺　掏出窖藏的年歲
直接晾在
你一看就看見的地方

淡定的幸福
——茶道的N種幸福之七

毛細孔剛剛歛了翅
氤氳的氣息如夢一般發散
終於　心空了下來
你的影像靜靜穿過茉莉花謝落後的夜晚

回甘的幸福
——茶道的N種幸福之八

喜怒晴雨也不過是火上的輕羽
唯有相思窩在舌尖、心底
選擇你最定靜時
撩撥你
要你微微發汗　微微滋生津液

〈茶道的N種幸福〉寫於二〇一二・四・二—六・三十

普洱茶

雲之南，降雪依然
我需要哲學摺疊成大衣的厚度
雲之南，炎炎日出依然
我需要文學扣住玻璃窗的彩度

雲之極南，依然極之於其南
連你都需要愛情張開翅膀的斜度

二〇一二・七・一

亂彈

沏一壺茶的時候
不切鳳梨
泡一杯茶的時候
不包柿餅

飲一甌茶的時候
不欠荔枝
啜一口茶的時候
不要又說又唱又彈又笑

二〇一二・七・二

日月紅茶

日頭底下我不睡
月光當前我不眠

盤腿而坐，那姿勢
當然不會像台茶十八號
盤根在石隙與土壤縫裡那樣緊張
她將生命的全部力勁

攫住
一瞬間的感動

傾身而注，那意涵
當然不能像日月潭紅茶
傾心追蹤白鹿行跡那樣緊湊
她將三七二十一世的情愛
傾注於
一瞬間的美

放懷而飲，那欣然
當然不可以像一枚枚紅玉
放身沉入杯底證悟菩提那樣緊緻
她將少女臉上的尊嚴心上的莊嚴

轉化為
一瞬間的真香
日頭底下你無語
月光當前你無言

二〇一二・七・三

一葉茶

如果風以自己無法度量的腳步
拂過山腰獨立的菩提
我能觀察那紋路找到生命什麼端倪？
——我是剛從樹上摘下的一葉茶

如果雲以自己無法測知的速度
化成漫天雨絲，即使無聲

我能從那軌跡悟通人生什麼訊息？
——我是樹上摘下的一葉茶

如果宇宙眾生以焦渴俯臨我
我能為他們鋪排什麼潮潤或水漬？
——我是從樹上摘下尚未烘焙的一葉茶

如果你以期盼凝望我
我能給你什麼膏粱或溫馨？
——我是尚未烘焙的一葉茶

一葉尚未烘焙的茶
未必是你口中可以期待的甘醇極品
一葉茶，尚未烘焙

未必能讓你滿室生香
尚未烘焙的一葉茶
未必可以安寧你的心神

雲水依依
我是安心等待烘焙的一葉茶

二〇一二・七・十二

連結內心的能量

〔分享者的推薦語〕

《雲水依依》是一本瑜伽練習者的隨身書，須要靜心時，翻它一頁，心中便穩當了下來。

透過文字提起覺性而對生命有所體悟！

瑜伽的梵文是yuji，連結的意思。

瑜伽練習藉著體位法，呼吸法，靜坐，冥想，梵咒，為了引領我們將意識提昇至高處，

能覺知世俗的一切，而讓心不被擾動，清楚明白，時時連結著本我的覺性自在。

蕭蕭老師的詩集裏，

藉著茶葉，藉著泡茶，藉著茶具，藉著水，藉著雲⋯⋯

讓我們從外在的觀察者觀看著，而提起了覺性，看見了一切內外的發生。

隨著文字，

我的身，我的意識融入了茶葉的姿態裏~~伸展、飄移；

我的心深入了茶葉的心事裏~~火裏來，水裏去地經歷著文字述說的生命展演。

發現，一切的經歷都為將茶裏潛在的甘甜傾力釋出，生命過程中彼此搭配的演出都為蘊釀最鮮美的味道，分享，服務予他！

茶道如此，瑜伽如是！
在詩集裏，隨著文字也品嚐了連結的深刻！

分享者：「遇見純淨」瑜伽引導師　李靜宜

〔分享者的推薦語〕

詩與茶交心

詩中有深情與真心
茶中有真情與深心
那麼詩中有茶　茶中有詩　怎不叫人心生嚮往
蕭蕭教授　生長在彰化草根鄉間　有著鄉下人的殷厚與實在
文學的素養與造詣
開闊了蕭蕭教授文質彬彬　儒雅君子的氣度胸懷
在與蕭蕭教授認識與相處中
教授無不就是詩的傳人與茶的化身
平易近人而又神采飛揚

讓人有如沐春風　開心的感覺
讀老師的茶詩
我是世界上最幸福的人

分享者：大愛電視台「人文飄香」主持人
慈濟推廣教育茶道課程總教師　李阿利

〈分享者的推薦語〉

茶品能適意，妙言可清心

燒水入甌、靜候一盞茶的成熟。

聞香輕啜、人茶相對，自有一種茶道意趣。

詩人對此多有茶詩傳世，最知名的當屬杜小山「寒夜客來茶當酒，竹爐湯沸火初紅；尋常一樣窗前月，才有梅花便不同。」而率先將「茶詩」輯錄成集者，古體須屬近人趙樸初《詠茶詩集》，現代詩則當推《雲水依依．蕭蕭茶詩集》。

本詩集的作品在時間上整整橫跨了三十年（一九八二～二〇一二），從青壯時期（兩首作品：〈茶葉的心事〉一九八二，及〈茶與呼吸〉一九八九）凌空飛躍到近二十年後（二〇〇八迄今，約五十首作品）。

品味詩句之際，除了驚嘆作者書寫同一主題而能千變萬化的文字功力之外，也會發覺這些前後相隔三十年的茶詩，竟追索著同樣的聯結：「人生」與「茶道」。字裡行間所展現的幽默、冥想與自在，無非來自對人生境遇的體味，以及每個毛孔中對茶韻的體驗。於是乎人生的苦與茶葉的苦，人生的回甘與茶葉的回甘，冥冥然得以相契。

今不揣淺陋，試改知名回文茶聯：「趣言能適意，茶品可清心」（倒讀則是「心清可品茶，意適能言趣」）為：

「茶品能適意，妙言可清心」

（倒讀則是「心清可言妙，意適能品茶」）

或道得詩中真味一二，則乃所幸！是為記。

分享者：東海大學文學音樂雙碩士　聲樂家　江俊亮

〈分享者的推薦語〉

行旅在茶與心之間

在草葉、茶心之間發現生命力，領悟人與草木繫連的溫情傳遞，提起幸福溫暖的「壺」，總是用「詩心」溫潤「文心」，總是用「文心」溫暖「茶心」！

蕭蕭老師用自然的詩心，深深凝視一枚茶芽、一碗茶湯。在滿溢的瓷杯中領悟「慈悲」，在空白的陶碗中領悟「空白」。品味茶香，化作詩句，隨文入「觀」，品「茶」在生命中恬安淡泊，清淨自適。

人生與茶湯契合，從滾燙熱水中，釋放溫潤喉韻的甘美，人生與茶湯契合的苦澀與回甘，多元的思考，寬廣的角度，淡定的生命態度。

分享者：明道大學國學研究所所長　羅文玲

閱讀大詩16　PG0848

雲水依依
——蕭蕭茶詩集

作　　者	蕭　蕭
內頁插圖	柔　柔
責任編輯	王奕文
圖文排版	彭君如
封面設計	王嵩賀

出版策劃	釀出版
製作發行	秀威資訊科技股份有限公司
	114 台北市內湖區瑞光路76巷65號1樓
	電話：+886-2-2796-3638　傳真：+886-2-2796-1377
	服務信箱：service@showwe.com.tw
	http://www.showwe.com.tw
郵政劃撥	19563868　戶名：秀威資訊科技股份有限公司
展售門市	國家書店【松江門市】
	104 台北市中山區松江路209號1樓
	電話：+886-2-2518-0207　傳真：+886-2-2518-0778
網路訂購	秀威網路書店：http://www.bodbooks.com.tw
	國家網路書店：http://www.govbooks.com.tw
法律顧問	毛國樑　律師
總 經 銷	聯合發行股份有限公司
	231新北市新店區寶橋路235巷6弄6號4F
	電話：+886-2-2917-8022　傳真：+886-2-2915-6275

出版日期	2012年12月　BOD一版
定　　價	250元

國家圖書館出版品預行編目

雲水依依：蕭蕭茶詩集 / 蕭蕭著. -- 一版. -- 臺北市：
釀出版, 2012.12
面； 公分. --（語言文學類；PG0848）
BOD版
ISBN 978-986-5976-89-7（平裝）

851.486 101021918

讀者回函卡

感謝您購買本書，為提升服務品質，請填妥以下資料，將讀者回函卡直接寄回或傳真本公司，收到您的寶貴意見後，我們會收藏記錄及檢討，謝謝！
如您需要了解本公司最新出版書目、購書優惠或企劃活動，歡迎您上網查詢或下載相關資料：http:// www.showwe.com.tw

您購買的書名：______________________________

出生日期：________年________月________日

學歷：□高中（含）以下　□大專　□研究所（含）以上

職業：□製造業　□金融業　□資訊業　□軍警　□傳播業　□自由業
□服務業　□公務員　□教職　□學生　□家管　□其它______

購書地點：□網路書店　□實體書店　□書展　□郵購　□贈閱　□其他

您從何得知本書的消息？
□網路書店　□實體書店　□網路搜尋　□電子報　□書訊　□雜誌
□傳播媒體　□親友推薦　□網站推薦　□部落格　□其他__________

您對本書的評價：（請填代號　1.非常滿意　2.滿意　3.尚可　4.再改進）
封面設計____　版面編排____　內容____　文／譯筆____　價格____

讀完書後您覺得：
□很有收穫　□有收穫　□收穫不多　□沒收穫

對我們的建議：______________________________

____

____

____

請貼
郵票

11466
台北市內湖區瑞光路 76 巷 65 號 1 樓

秀威資訊科技股份有限公司 收

BOD 數位出版事業部

....

（請沿線對折寄回，謝謝！）

姓　名：＿＿＿＿＿＿＿＿＿＿　年齡：＿＿＿＿　性別：□女　□男

郵遞區號：□□□□□

地　址：＿＿＿＿＿＿＿＿＿＿＿＿＿＿＿＿＿＿＿＿＿＿＿＿

聯絡電話：(日)＿＿＿＿＿＿＿＿＿＿＿＿(夜)＿＿＿＿＿＿＿＿＿＿＿＿

E-mail：＿＿＿＿＿＿＿＿＿＿＿＿＿＿＿＿＿＿＿＿＿＿＿＿